越到越晚時

辛牧——著

目錄

2021

人孔蓋 14
這不是肯德基 16
觀自在 17
視覺距離 18
看魚 19
航向龜山島 21
看星 23
寫詩無用論 24
萬聖節 25

2020

七七 28
七夕 29
咳嗽 30
問天 31

情人節 32
梅花 34
荷花 36
無題 37
落雨那時陣 38
隔壁的 40
隔離 42
蝙蝠 43

2019

分裂 46
尋人啟事 47
春 48
黑暗詩選 49
烤乳豬 50
有風捎來 51
寫批 53

飛蚊症 54
輪迴 55
七夕 56
攝影機 57
椅子 58
與詩人對話 59
牙齒 60
雨中書1 61
雨中書2 62
蚊子 63

2018
趴在地上的乞者 66
玉蘭花 67
白化症 68
冰箱 69
在此岸見觀音 70

收山 71
有人問 72
吳沙詠贊 74
我的老天鵝 76
咖啡 78
扳機指 79
武俠 80
花嫁 82
春雪 83
某捷運站口 84
洋蔥 85
娜路彎 86
旅途 88
時間 89
啄木鳥 90
旋轉門 91
野鴿子的黃昏 92

絕句 93
給某詩人 95
對看 97
對鏡2 98
截句 99
截肢者 100
聞擎天崗覆雪 101
與孫子語 102
蝴蝶 104
擂鼓 105
風頭 106

2017

立冬 108
立春 109
存在之必要 110
沉重1 111

沉重 2 112
沙灘上 113
芭蕉 115
某人 116
秋 117
飛 118
食蕉 119
登嵩山 120
掩月 122
魚說 123
寒冬 124
無題 125
煮豆 126
詩 127
詩人 128
路邊一棵榕樹 129
過富錦街 131

過溫州街 133
夢遺了 135
對鏡1 136
截句 137
榴槤 138
認同 139
瘟豆 141
獨唱 142
窺 143
鋼砲 144
錯愕 145
鴿子 146
藍眼淚 147
魔豆 148

1967—2014

散落的樹羽 150

爆破的石榴 155
茫 157
我們的日子 159
清明 161
婦人 163
草 164
菸灰缸 165
越到越晚時 166
曼陀羅 168
選舉 171
看板 173
雪祭 175
懸棺 178
靜中之動 180
紙鳶 182
中元 183
落櫻後遊陽明山 185

兀鷹之歌 187
落井下石 189
問 192
約翰 193
牙膏 195
致李白 196
塚 198
棄婦 199
爆竹 200
爆米花 201
轆轂機 202
放水燈 203
蟬禪 204
問魚 205
雨來吋滴 206
情人節 207
含羞草 208

Esc

致某人 209
生老病死 210
植物人 212
這一役我參與了 214
愛的進行式 216
更生人 218
星星月亮太陽 219
父親 221
送行者 223
我的街友阿土 224
雕像 226
曇花 228
服貿 230
231

2021

人孔蓋

撕下一張張臉皮
捂住下水道的口

蟑螂、老鼠、口水、瘴氣
不斷異變的病毒
在都市的血管中流竄

撕下一張張的臉皮把瘡口封住
繼續腐爛

15 . 人孔蓋

二〇二一・三・廿三
二〇二一・七・二十
《創世紀》二〇八期

這不是肯德基

一隻雞飛來台灣
並開始賣起炸雞

因為色香味美
令很多人著迷

而一個老外
咬了一口說：這不是肯德基這不是肯德基

二〇二一・九
《人間魚》

觀自在

不管你們怎麼看
我看我自己
自在

視覺距離

有招牌寫著
前面有一棵樹
但他偏是不信
要撞上去才知道

看魚

當年我家門前有小河
除了游泳
我最喜歡
五顏六色的魚兒
在河中追逐嬉鬧
或爭相搶食
或逆水而游
或一再挑戰水壩的高度
給我很多的啟示

可惜大多沒有兌現
只有一項
我成了詩人
也害了我的一生

航向龜山島

啟航了
有風浪來助興
一路搖搖晃晃
龜山島越來越大
我能感受到彼此
砰砰的心跳

從小仰慕的海中小島
竟是如此的雄偉

是世上最大的海龜
無畏狂風巨浪
日日夜夜的侵犯

我以敬畏歡喜的心
像朝聖者轉動經輪
感受你的溫暖
你的包容美麗
我要像鯨豚
天天環繞

二〇二一・十・廿八

看星

我看著妳
妳看著我
我們是銀河星系
一再錯過的星球

二〇二一・九・廿一

寫詩無用論

把一堆鉛字投入丹爐中
七七四十九日後
在市場以斤兩兜售

在垃圾桶撿到一幅畫
在蘇富比
以數十百萬英鎊落槌

二〇二一・十・卅一

萬聖節

一群惡鬼到處跟人要糖
可是大家已經沒糖了
天亮之後
他們卸下鬼裝
換上西裝
繼續跟人要糖

二〇二一・十・卅一

2020

七七

一個故事
在紙上重複糾纏
我只是一個讀者

二〇二〇・四・四

七夕

今夜月朦朧
我們相約
在鵲橋
妳在那頭
我在這頭
一隻鳥飛過
妳說是雞
我說是鴨
等了七夕

二〇二〇．八．廿五

咳嗽

我忍不住咳了一聲
一群蝙蝠從我口中竄出
蒙蔽整片天空
蒙蔽大家的視線和方向
咳嗽一聲接一聲的交響
像轉動的膠盤

二〇二〇・二・十三 01:20
二〇二〇・三《創世紀》第二〇二期
二〇二〇・八《台灣文譯》一九三選譯

問天

你有什麼冤屈嗎
他沒有回答
只是一直哭
一直哭
哭成怒氣沖沖的洪水

二〇二〇・七・三

情人節

我和我的情人
今天沒有過節
我們只隔岸
對望

前面有一道海
她家門前有茱萸圍籬
有點高又不太高
但我無法翻牆

我只能隔岸看著
思念著

二〇二〇．二．十四
二〇二〇．四．十三《聯合副刊》

梅花

院子裡的梅花開了
嬌豔的花蕾
多麼揪動人心
我遠遠地望著

花季過後
纖細的枝椏
長著鮮紅的果實
我站在樹下

失神的望著

二〇二〇・二・十五

荷花

荷花在池子裡戲水
我靠近觀看

荷花白我一眼說
原來你跟別人沒兩樣

二〇一五建寧詩稿修改
二〇二〇・八・十五

無題

雨是一個人
在心裡嘀嘀咕咕

二〇二〇・十二・三

落雨那時陣

雨妳哪ㄟ落袂離
咁系有啥密代誌
嘸蹚怪天公
伊嘛有滿腹悲情
該怨耶係病毒
掠走千萬人

你叫伊如何
沒目屎

二〇二〇・十二・十六

隔壁的

我家
隔壁的
老王是殺豬的

我跟他買肉的時候
豬仔已經被他大卸八塊
他說這樣方便客人各取所需

我佩服他

41. 隔壁的

殺豬的理論
但我還是不會殺豬

二〇二〇・十二・十六

隔離

我們認識的不是時候
我們只差一・五公尺的距離
不能牽手
不能愛愛
只能妳看我我看妳
而且
我的視覺和聽力也不行了

二〇二〇・三・三十

蝙蝠

蝙蝠無端揹負惡名
而印尼人給予滿滿的愛
以椰奶咖哩沐浴
把牠們請上餐桌
你一口我一口

2019

分裂

一架飛機自頭頂低低掠過
一道影子把我劈成兩半
從此，我就有兩個不同的我

二〇一九・四・十
二〇一九・四・廿九

尋人啟事

掉入黑洞的人
今天還沒回來
寫批問月娘
伊講伊嘸知

二〇一九・四・十一

春

悶燒罐
悶一整季的春天
在枝頭上一一爆開
老王問
我的春天呢

二〇一九・四・十四

黑暗詩選

一群在太空流浪的隕石
因相互碰撞磁吸
逐漸形成一部詩選

二〇一九·四·廿九
二〇一九·七·五

烤乳豬

乳豬在烤架燒得滋滋叫
我用舌尖輕輕試探
乳豬說別試了
我已經焦了

二〇一九・五・十一

有風捎來

有風捎來
稻子熟了

望去
一片起起伏伏的金色海浪
是我的愛和汗水

我所求不多

一碗香香熱熱的米飯
是我最好的報答

二〇一九·七·十七

寫批

我寫批給你
你寫批給我
我們讀著批
滿批是淚水

二〇一九・七・廿七

飛蚊症

蚊子躲進眼球中不肯出來
我問：你要幹嘛
牠說：我在看你的錄影帶

二〇一九・七・廿八

輪迴

辦完事之後
菸癮上來了
抽完菸後
慾望又起了

二〇一九・八・六

七夕

地震是恐怖的情人
七夕

二〇一九・八・八 am05:30

攝影機

眼睛是一台攝影機
錄下眾生萬象
偶爾拿出來播放一下

二〇一九・八・十一

椅子

才換了一把椅子
卻望著另一把椅子
別人的椅子永遠比自己的好

二〇一九・八・十三

與詩人對話

酒過三巡
我問：詩要怎麼寫
他說：看我的詩
我問：如何成名
他說：跟我學

二〇一九・八・十七

牙齒

不小心咬到一個字
卡的一聲
牙齒就斷了

二〇一九・八・十八

雨中書 1

我這裡下雨了
你那裡呢

我這裡和你那裡的雨水
會在大海裡相遇嗎

二〇一九・八・廿四
二〇一九・十・十七《聯合副刊》

雨中書 2

我託雨捎給你的信
潦草是我的心境
模糊是雨的加註

二〇一九・九・六

蚊子

我跟蚊子說
你在我眼球中已經很久了
怎麼還不離開
牠說：我還沒看完你的一生

二〇一九．八．廿八

2018

趴在地上的乞者

他的人生
只剩下一口氣

二〇一八・五・廿五

玉蘭花

跟車流中的阿嬤
買一串玉蘭花

花枯了
阿嬤的身影還在

二〇一八・七・卅一

白化症

病人：我是非洲土著，為什麼皮膚是白的
醫生：你一定是得了白化症

二〇一八・九・八

冰箱

氣象說
全台進冰箱了

來的正是什候

有些東西發臭了
有些東西已爛了
有些東西都爛到骨頭裡了

二〇一八・二・四
二〇一八・二・五

在此岸見觀音

彼岸
觀音側臥
夕陽隱身其後
佛光踏波逐浪
但未及此岸

二〇一八・七・卅一

二〇一八・十二《創世紀詩雜誌》一九七期

收山

把一座山
收到甕裡
燒烤成雞
山泉是酒

二〇一八・五・十二

有人問

I

有人問
花花草草
我哈哈一笑
那不過是
風花雪月
擦撞的火花

Ⅱ

有人問
曇花妳為什麼
只在晚上開花
她說：
人家害羞嘛

二〇一八・五・二十

吳沙詠贊

車外風景
一一後退
回到一七七三
先哲吳沙
渡黑水溝
在此落腳
披荊斬刺
以血開疆
以汗闢地

以愛植被
溪泉淙淙
千古傳誦

二〇一八・六・二

我的老天鵝

為什麼賜給我們
又冷又雨又雪的天氣

來一個大火鍋
熊熊栽下一瓶陳高
出門
猛猛踩下油門
管他紅燈綠燈

絕塵而去
不亦快哉

二〇一八・二・五

咖啡

明知是苦
還是要來一杯
細品慢嘗
人世間

二〇一八・五・廿一

扳機指

當年參加八二三的舊疾
仍無法改正
仍每天對著假想敵
扣扣扣

二〇一八・十・廿四

武俠

喜歡浪蕩笑傲江湖
但江湖多險
一不小心便跌入谷底
偶有巧遇
不管對方是滅絕師太或周芷若
但越美麗的女人越會騙人
任你獨孤不群東方不敗
喜歡葵花更勝於床單
倚天屠龍或一身神功

終不敵一個叫時間的後浪

二〇一八・十一・三

二〇一八・十一・十四《聯合副刊》

花嫁

牽牛花捆著一座山要出嫁
牛車怎麼還不來？

二〇一八・五・十一
二〇一八・六・五《聯合副刊》

春雪

都說
雪融了
不，它還在
還在豆梨樹上
瞇瞇笑

某捷運站口

看著人一個一個出來
看著人一個一個離開
我是路邊一棵無法移動的樹
四處張望

二〇一八·二·廿八

洋蔥

砧板上
一顆嬰兒臉的洋蔥
在刀鋒下
我們一起哭

二〇一八・一・十六
二〇一八・二・四
二〇一八・六・七

娜路彎

那路彎
從車站一路
九彎十八拐
到潮音小築
停
看
聽
風在樹梢呼嘯
浪在沙灘起舞

人在茶酒歡笑

二〇一八・三十・夜記於林永發院長工作室
二〇一八・四・二於內湖寄齋修訂
二〇一八・十一・二

旅途

車站放送林強
火車漸漸要起走
管他什麼風景
一一拋在腦後
快到站了

二〇一八・五・廿四

時間

時間堆砌一座橋
時間在橋下流動
流水帶走河岸
帶走橋

二〇一八・十・二十

啄木鳥

啄木鳥猛敲著一棵樹
是因為裡頭有一隻蟲
啄木鳥猛敲我的腦袋
是因為裡頭有一首詩

二〇一八·七·廿四

旋轉門

到銀行繳款
從旋轉門出來
口袋一下子就空了

二〇一八・九・廿六

野鴿子的黃昏

一群鴿子在草坪上
禮貌性的你點頭
我點頭
陽光就
一點一點的不見了

二〇一八・二・一
二〇一八・二・廿八

絕句

雲是天空的行草
·
雲是天空的情書
·
雨是老天的潑墨
·
風是老天的口哨
·
星是老天的天窗

・月亮是太陽的素顏

二〇一八・十一・十三
二〇一八・六・一

給某詩人

終於
不必與世與天爭高
在方寸之間
享受一生難得的安寧

喜歡與不喜歡的人
終於可以暫時和平坐下
聽陌生的祭司歌頌
你一生的豐功偉業

如今
你高高坐在雲端上
俯視著我們
我們顯得多麼渺小

二〇一八・八・七

對看

你看我老
我看你糊
看誰先走

二〇一八·五·二十

對鏡 2

有那麼一個人
每天看著鏡子
直到他走了
還是不認識那個人

二〇一八・三・十八

截句

你跑得快
我跟不上

二〇一八・三・九

截肢者

他是行動藝術家
以自己的身體
寫截句

二〇一八・五・廿六
選入《創世紀六十年詩選》

聞擎天崗覆雪

一夜間
被多少鞋印踩得
凹凹凸凸的梯階
盡覆冰冷的雪下

雪融後
梯階還是原來的梯階
腳印不復是原來的腳印

二〇一八・二・四
二〇一八・二・七

與孫子語

☆

剝開月餅
蛋黃突然蹦了出來
孫子說怎麼不見了
我指著天說
跑到那裡了

二〇一八．九．廿五

☆

孫子說爺爺會寫詩好棒棒
我說你也好棒
一部孫子兵法我到現在還沒搞懂
孫子說你的詩我也沒看懂

二〇一八・九・廿六

蝴蝶

那不是張生嗎
他幹嘛整天追著蝴蝶跑

二〇一八・十一・二

擂鼓

咚咚鏘咚咚鏘
既無節慶
復無迎神
何來擂鼓

有朋捎來
張三詩上報了
李四上封面了
王五電台專訪了

二〇一八・一・九

風頭

我喜歡站在風頭
我喜歡在風頭放屁的快感
我喜歡看大家驚惶的表情

二〇一八・一・十六
二〇一八・一・十八
二〇一八・二・四

2017

立冬

這個世界
被炒得過熱
來一盤剉冰吧

二〇一七・十・廿一

立春

群蛙齊鼓
在池中
煮一鍋珠奶

二〇一七・十・廿一

存在之必要

一座山牽著一座山
橫豎在前
或以高大稱勝
或以雄偉稱奇
造物鬼斧神工
惟強者征百岳
弱者望山興嘆

二〇一七·四·九

沉重 1

一隻鳥在天空
掉下一根羽毛
打在一朵花上
然後她就死掉了

沉重 2

一隻鴿子在地上撿到一塊麵包
牠留給這個世界最後一個白眼
然後牠就死掉了

二〇一七・四・廿九

沙灘上

沙灘被烈陽愛撫
如星光閃爍

海風驕焰
令人動容

無數漂流物
隨風浪漂移

有的借機登陸
有的隨著退潮漂向對岸

倏然發覺
兩岸已經統一了

二〇一七・八・十三
二〇一七・八・十四
二〇一七・九・十二

芭蕉

夜讀芭蕉
夢裡食蕉
醒來失蕉

二〇一七·五·廿九

某人

某人說他有一個美好的家庭
他的開機畫面是家人
他跟每一個妹妹都說
我好寂寞

二〇一七・四・三十

秋

樹葉一陣顫抖
秋來了
野雁頭頂過

二〇一七・五・廿九

飛

那人從高空一躍而下
他從來不曾這麼快樂
這是他這輩子唯一的自由

二〇一七・四・三十

食蕉

食蕉連皮
秋風瑟瑟

二〇一七・五・卅一

登嵩山

說登山壯志
不想
已到需要關愛的年紀
山路多嶇
行行停停
僅至半腰
頹然而退
人生至此
惟呼負負

註：參加第三屆杜甫國際詩歌周，四月三日有登嵩山活動，為了面子僅比余秀華多爬了一公尺，有感，四月四日寫於回家的國光號車上。

掩月

月太亮
以致壞了掠食者
竊竊的行蹤

而雲總是選錯了時間

二〇一七・十二・八
二〇一七・十二・十
二〇一八・一・五

魚說

一隻魚從水中跳上岸
太陽說：你不耐煩嗎
魚說：我高興

二〇一七・四・三十

寒冬

1.

甲：詩市真冷
乙：我很胖，我習慣寒冷

二〇一七．十一．六

2.

甲：蘇軾好冷
乙：李白更冷

二〇一七．十一．七

無題

深夜回家
太太不給進門
她說：說去游泳
怕是掉進酒池裡吧

二〇一七・十・二

煮豆

燒豆萁煮豆
一個話頌
一個話痛

二〇一七・五・九

詩

不小心打翻的墨水
在桌上渲染成詩

二〇一七・五・十三
二〇一七・五・廿二

詩人

在西門町
不小心撞到一個人
他瞪著我說
眼睛睜大點
我是詩人

二〇一七・九・十二

路邊一棵榕樹

一棵榕樹高高
豎在路邊
像一把撐開的傘

樹蔭下
一片綠茵茵的小草自生勃發
開著不知名的小花
小花不需要名字

她的存在
就是美

這樣就夠了
像榕樹
無用之大用

二〇一七・八・廿八

過富錦街

菩提樹左右排列
我在樹下
等待

・

巷裡的詩人
每天提詩
沿路灌溉

・

許多香味

溜出掃街
堅持原味

二〇一七．二．十五
二〇一七．三．廿四《聯合副刊》

過溫州街

燈熄屋換
詩人星移
一地手稿
與塵浮沉
麥堅利堡
在迷霧中

二〇一七．十一．十一
二〇一七．十一．十二
二〇一七．十一．十三

二〇一七・十一・十九
二〇一八・一・二

夢遺了

——聞某人說夢遺

夢走了
恨留下
一片江山
一灘流水

二〇一七・四・廿七

對鏡 1

我每天都會跟那個人見面
我一再問自己
為什麼他還在
我開始討厭自己

二〇一七・四・三十

截句

我截我截，截截截
西父西父，我沒了

二〇一七・十一・廿四

榴槤

我嫌她的味道
她說：你美
有很多人追我

二〇一七・九・十二

認同

一

有人出題
異婚同婚
選哪樁
我選不昏

二〇一七・五・廿四

今日大法官宣告民法違憲，要求保障同性婚姻

二

挺同
反同
管他娘

二〇一七・五・廿五

瘟豆

祢越來越聰明
把我笨都露了
祢費心修改了
我精心的美文
明明打的是美
祢卻幫我改霉

二〇一七・十二・二

獨唱

一隻
蒼鷺
獨立
水田
剪破
一輪
夕陽
引頸
高亢

二〇一七・十・十

窺

星星是一個偷窺狂
總愛在暗中裝針孔攝影
我是一個透明人

鋼砲

幾座鐵鏽斑斑
猶不肯退役的鋼砲
在碉堡內
日夜蹲伏
與風浪
整日對峙

二〇一七・八・六・金門
二〇一七・八・十四

錯愕

按自家門鈴
走出一個陌生人

啊，對不起
按錯了

二〇一七・四・廿九

鴿子

鴿子在門口
晃來晃去
我睜睜看著牠
吃掉我的時間

二〇一七·五·十九

藍眼淚

是我流落在海中的
詩集渙渙的眼淚

二〇一七・八・七・馬祖
二〇一七・八・十四
二〇一七・九・十二

魔豆

吃橘吞下一顆籽子
夜裡發了一夢
籽子在胃裡發芽
像魔豆
穿透喉嚨腦袋雲霄
落腳王母娘娘的蟠桃園
長成一棵大樹
結滿纍纍的芭樂

二〇一七·十一·廿九

1967

|

2014

散落的樹羽

我是一個詹納斯兩面像，我用一臉笑，用另一臉哭。

——齊克果・一八七三年日記

一

還是很墨的一種
馬不停蹄的水流自鳴得意地反覆唱著同一首歌
不時打著不得不叫人感覺噁心的水漩
（一朵開得太過鮮豔的花）

像我的情婦
把我揹住以她磁性的雙臂
突來的一吻令我想到死

二

日落後
所有的錶歇了下來。那河
以酒的誘惑流入我的憂戚
（何等妙絕的灼痛！）

所有的星子點亮一盞茫然
所有的茫然點亮一盞星子
一切的答案都是一樣

投下口袋裡僅有的一枚硬幣於籤筒中
依然預卜著負數
面對明日的未知
我們以覺醒的悲哀呼吸

III

蛀蟲的存在是屋梁的存在的最佳詮釋
每張紗網後面有一張扭曲的臉
所有的墓穴臥著一副不肯瞑目的屍體
十字架上是一個呼救了好幾世紀的人

我們的不幸是因我們不曾打盹過
睜著眼而未視一物
活著死死著活

存在與不存在
終究是那麼一回事

IV

呵，終究是這種河
既無入口亦無出口
永遠繞著固定的圈
不曾死去的我是河床上一枚不肯躺下的怒目的鵝卵石
永無出口的馬不停蹄

當世界只是一待溶的冰塊
擺在你的眼前的一切
答案都是一樣
一座欲崩的山

V

而聖洗盥裡究盛著些什麼
如果是海呢

為此我的悲哀是永遠難以成眠了

VI

很墨的那河終究是我的情婦以磁性多刺的雙臂死命拑住我以及我要命的
無奈的嘆息

一九六七・六・廿四高雄港

一九六八・五《創世紀詩刊》第二十八期

入選《八十年代詩選》

爆破的石榴

那是一枚在刀口下誕生的
石榴在盤中
而渴於水
（沒有人了解它熾燄的內容）

下午六點鐘
那枚石榴
因吸飽光而爆破

轟然崩潰的太陽

一九六七・七・一高雄
一九六八・五《創世紀詩刊》第二十八期
入選《中國現代文學大系》新詩卷第二集
入選《八十年代詩選》

茫

那個男子差不多復甦
在白白的床單上
像輓聯

從早到晚
胃中反芻一把草

他呼喚某種日子

某種日子呼喚他

一九六八．八．十六台北

一九六九．一《創世紀詩刊》第二十九期

入選《中國現代文學大系》新詩卷第二集

我們的日子

我們圍坐
面對
一張被餐具咬得粗糙的方桌
一盤被筷子挑剔得精光的魚骨頭

不記得什麼時候喝光了酒

有些張口
有些打手勢

有些面對桌面的茫然
有些把臉埋向酒杯的空空

一九六九・八・十八台北
《龍族詩刊》及《龍族詩選》
入選《台灣現代詩選》非馬主編
香港文藝風出版社一九九一・三出版

清明

人都要放聲一哭
所有的山路必泥濘
所有的冥幣必蝴蝶
所有的煙篆必嬝嬝
所有的無語問蒼天
只餘我們

只餘我們
爬在案牘的墳墓上

燒一張又一張的公文
抽一根又一根的菸卷
聽祖先在遙遠的山頭哭我們

有淚
淚給誰看
要哭
哭給誰聽

一九七二・四・六台北
一九七二・八《龍族詩刊》第七期
入選《八十年代詩選》

婦人

除了一張大花臉
她的青春
歲月在捲菸中呼吸

除了一雙蹺得半天高的大腳板
再沒有比那氣味
更能把整廂旅客攞弄得如此昏沉

一九七四・三・五台北
一九七四・七《龍族詩刊》第十二期
入選《八十年代詩選》

草

做為一株草
我不能不憂悒

多麼希望我是一枝花
這樣就有人願意栽我

這樣我就不必擔心
什麼時候被人連根拔掉

一九七四．三．廿四《龍族詩刊》
一九七四．六選入《中外文學》詩專號第二卷第一期

菸灰缸

我吸著一根又一根的菸
把昨日一圈一圈吐出來
在菸灰缸上
彈下一段一段灰白的故事

二〇〇〇・五・廿九台中
二〇〇〇・十二《創世紀詩刊》第一二五期

越到越晚時

越到越晚時
天空就越澄亮了
感覺是更貼近了
彷彿一伸手便可
摘下滿天的星星

塵囂在群山之外
燈火零落在極目
我在禪院大殿上趺坐
在夜蟲誦經聲中入定

二〇〇〇・六・廿八於坪林蓮花山天佛禪院
二〇〇〇・八・十三《聯合副刊》

曼陀羅

花香偕風
潛行
一種世紀末的曖昧
曼陀羅
在比燐火更綠的月
光中妖惑
天使般的

白
乃必然之惡
而花
色香味覺乃至
無色無香無味無覺
猶之
散落一地的鉛字
被肢解的意象
刻意的分行

曼陀羅是一群大黃蜂
在多P和SM的狎戲
五色燈爆破的煙霧
和短暫窒息的快感中
把邪惡的卵

注入夢中

二〇〇三．六．廿八台北

二〇〇三．九《創世紀詩刊》第一三六期

入選《二〇〇三台灣詩選》向陽主編．二魚文化出版

選舉

你的旗幟多
我比你更多

你的看板大
我比你更大

你倒一杯口水
我倒一桶

你撒台幣
我撒美鈔
你抹黑半邊天
我把整片天撕下來

二〇〇三・七・十九台北
二〇〇七・九《創世紀詩刊》第一五二期

看板

空地上
豎著
一面看板
站著
一個
人
頭
頂著一個甜甜圈
以沒有肉的笑

對著路人
打拱
作揖

二〇〇三・八・廿六台北
二〇〇三・八・廿八修訂
二〇〇七・九《創世紀詩刊》第一五二期

雪祭

我在書中一角靜坐
春天是一個過動兒
月經癥候前的季節

我在色彩氾濫的調色盤中迷失
我有顏色恐懼症
我很憂悒
我咬著手指

在諜對諜的戲碼
靈異與推理劇演繹的溫度計
傳媒嗎啡點滴
精心包裝的謠言金莎中
情緒如日晷儀針影移動

我在照胃鏡中
發現一隻嗜血的蝙蝠章魚

而燕子忙著啣泥築巢
草木忙著換裝
而冷鋒無預警的突襲
灑下蒼白虛構的雪花

我感到全身膨脹燥熱

二○○四・四・十四台北

二○○四・六《創世紀詩刊》第一三九期

入選創世紀五十周年精選《他們怎麼晚玩詩？》

懸棺

懸棺於半空中
是想更接近

而兀鷹說
去其皮囊
也許可以御風而行

考古學家則說
這一身骨頭

還是太重了

二〇〇四・八・十九台北
二〇〇四・十・廿七修訂
二〇〇五・六《創世紀詩刊》第一四三期

靜中之動
——和南寺記事

入夜後
靜如
如來

不敢妄言
談詩論禪
說天道地

至於胸口積塊
唯借隆隆鼾聲

轟入大海

二〇〇四・十・一台北

二〇〇四・十・十一修訂

二〇〇五・七《乾坤詩刊》第三十五期

紙鳶

你用一條線
緦住我
把我拉上天
和雲比高

二〇〇四・十一・十六台北
二〇〇四・十一・廿四修訂
《世界日報》湄南河副刊

中元

一頁蒼白的黃曆
一聲低迴的鐘響
心事在煙篆
燈暈忽明忽暗之間
忍不住
觸動
一些或然已
　　遙遠
陌生

事與物
還有
身上
　灼燙
一粒骨灰

二〇〇四・十・十八台北
二〇〇五・九・廿四修訂
二〇〇五・七《乾坤詩刊》第三十六期

落櫻後遊陽明山

我來的不是時候
花已落
人也去
至最高處
一滴不肯結冰的水
俱逝矣
只餘
交錯的枝頭
零落的新芽

伴著
如針的春雨
渲染一山

空

寂

註：詩題和一滴不肯結冰的水，均為周公夢蝶的名詩、句。

二〇〇五・四・二十台北
二〇〇五・十・廿七修訂
二〇〇六・三《創世紀詩刊》第一四六期

兀鷹之歌

我睡上石板的時候
兀鷹已
高空盤旋

當時間的鐵錘
把我剁碎
兀鷹紛紛落下

又一轟而散

並四處傳播
我的重生

二〇〇六・三・十七台北
二〇〇六・七・九修訂
二〇〇七・九《創世紀詩刊》第一五二期

落井下石

落

不要怪地心吸引力
其實你也可以

飛

井

其實你很無奈
要不是
有人處心積慮
在你身上到處挖洞
把一大堆垃圾
往洞裡塞
你何嘗不想坐井觀

天

下

一定是哪家的孩子
把字寫倒了
害你翻不了身

石

你也不想擋在那兒
一切都是碰巧
碰巧你躺在那兒
碰巧他又踩到你

二〇〇六・五・廿六台北
二〇〇六・九・十五修訂
二〇〇七・九《創世紀詩刊》第一五二期

問

一沙
一世界
聚沙成塔
群塔插地
指天
問
卜

二〇〇六．四．四台北
二〇〇六．九．三十修訂
二〇〇六．十二《創世紀詩刊》第一四九期

約翰

約翰從不洗澡
他總是用香水美化自己

周遭的人都說
他身上的味道好重

約翰還是不洗澡
還是喜歡站在風頭

二〇〇六·八·三十台北

二〇〇六·九·十九修訂

二〇〇六·十一·八《世界日報》湄南河副刊

二〇〇七《乾坤詩刊》春季號·第四十一期

牙膏

我擠出一段牙膏
用牙刷挑剔
牙縫裡的昨日

從牙膏管中擠出的我
在牙刷不斷的磨擦中
被逐漸的稀釋唾棄

二〇〇七．五．七台北

致李白

你尋仙
幾世紀之後
我才恍然大悟
你何以不見容於當道

你的致命傷
是你仍活在孔孟
迷信詩可以淨化
濟世

197 . 致李白

這個世界
要麼夠紅
要麼夠黑
偏偏你是太白

二〇〇七・七・十四台北

二〇〇七・九《創世紀詩刊》第一五二期

塚

在月光下發亮的
喔，母親的乳房
我是待哺的嬰兒

棄婦

被命運推在一邊
沙塵到處
那麼多孩子搶一只風乾的奶

爆竹

我原本平息的心
都是妳
煽風點火
把我給氣炸了

爆米花

我睡著
又實又沉
我醒來
又胖又虛

轆轂機

把一把一把的青春
從這邊塞進去
轆轂機嘩啦嘩啦地響著
歲月從另一邊呼嚕呼嚕地溜出來

放水燈

把滿載的祈望
託付
紙船在天河
時明時暗

蟬禪

蟄伏只為
站在制高點
仰天長嘯
把世界炒熱

問魚

問魚
快樂嗎

魚回我
一個泡泡

雨來叮滴

雨來叮滴
像妻每天
在耳邊複誦的
柴油米鹽醬醋茶

情人節

送妳
一朵花
然後
把花一瓣一瓣
剝
光

含羞草

我輕輕觸她一下
她說
別碰我
人家那個來了

Esc

我在鍵盤上劈哩啪啦
寫我一生
然後按下 Esc

致某人

妳笑得很曖昧

妳給我的柚子樹
長出一顆芭樂了

妳笑得像孔雀標本
在拉過皮的臉上

不動

二〇〇八・五・廿三

二〇〇八・八《文學人季刊》革新版第二期

二〇一〇・三・八修訂

生老病死

生

一堆人從旋轉門擠進來
經過後門
從煙囪一溜煙逃出去

老

牙齒剛長齊

又掉光了

病

一隻黃蜂
在我身上下一顆卵

死

埋在地下的
一株冬蟲夏草

二〇〇八・七・七

二〇〇八・九《創世紀》秋季號・第一五六期

植物人

他在病榻上
昏睡五十年

他醒過來
在一瓶酒之後

他發覺什麼都變了
他開始抱怨
抱怨不能這樣那樣

不能隨地吐痰大小便
不能隨便給人家東西
不能在人家的屋頂飆車

他在公共電話亭打幾通電話
他突然藍波了
他坐著報紙的魔毯
翻山越嶺
然後消失

了不起

二〇〇八・八・廿九
二〇〇九・三《創世紀》春季號・第一五八期

這一役我參與了

當他們設下鐵網拒馬的時候
我去了

我站在人群的後面
跟著搖旗吶喊

在太陽即將西沉的時候
我回家了

我坐在電視機的面前
看著警察用警棍盾牌追打著人民

我一邊憤怒
一邊流著羞愧的眼淚

二〇〇八・十一・六
二〇〇八・十二・四《自由副刊》

愛的進行式

冷，是雪表達愛的方式
熱，是太陽表達愛的方式
劈腿，是情侶表達愛的方式
摧花，是男女表達愛的方式
燒炭，是生命表達愛的方式
殺戮，是人類表達愛的方式
毀滅，是上帝表達愛的方式

二〇〇九・二・十九
二〇〇九・九《創世紀》秋季號・第一六〇期
入選《二〇〇〇台灣詩選》

更生人

他曾經
是天上一顆星

要怪的是孫行者
不該偷吃老君的仙丹
還打翻一缸醋罈子
讓他們流竄人間

比之一般人

其實
身上只是多了一個胎記
喜歡魚肉比喜歡鄉民多些

二〇〇九．十一．廿四
二〇一〇．三《創世紀》春季號．第一六二期

星星月亮太陽

星星

星星在天上四處張望
他一定看到不該看的東西
難怪眼睛老是扎扎的

月亮

半夜

她在池邊攬鏡自照
哇！什麼時候長了皺紋

她望著湖中的影子
正當出神之際
湖問：我漂亮嗎

太陽

他是一個癡情漢
他就是不相信
這輩子追不上月娘

二〇〇九・六・二
二〇〇九・九《創世紀》秋季號・第一六〇期

父親

他從數十年相倚的病榻上
決然地走了
只留給
每人一顆舍利子

二〇一〇・十二・十六
二〇一一・三《創世紀》春季號・第一六六期
二〇一二・五・五修訂

送行者

她賴床
而且不肯呼吸
像一具充氣娃娃
等人來按讚

她一向愛美
勤於各種整型
除了一支筆嘔吐出來
所謂詩

而評論家們
以擅長美學修辭學結構學的手和顏料
在她身上超現實的塗塗抹抹
把她美美的後現代起來

二〇一二・七・廿五
二〇一二・十二《創世紀》冬季號・第一七三期
入選《二〇一二台灣詩選》

我的街友阿土

昨日的西裝
已發霉

黃金十年蒞臨之後
他晉身為社會的邊緣人

在陰冷的地下道和涵洞中
他蜷伏如落網的穿山甲

阿土，請你也保重
明天會更好

二〇一二・十一・十四

入選《二〇一三年台灣現代詩選》

雕像

曾經堅挺
如充血的陽具
如今如一只用過的保險套
在廢棄物與雜草之間
在背光與陰影之間
在日落餘暉與黑夜之間
在輕得沒有重量的聲音與嘆息之間
在逐漸的風化與腐敗之間

捕風捉影

二〇一二·十一·廿八

二〇一三·一·七《自由副刊》

曇花

才剛勃起
就洩了

二〇一四・二・廿七

二〇一四・六《創世紀》夏季號・第一七九期

服貿

國家生病了
病毒不斷蔓延
傳染給人民

執政者揮著魔術棒
從一個黑箱中
變出一樣東西
說是伏冒

人民說
那不是伏冒
那是爐丹

執政者說
雖然是山寨
但功效更勝

人民還是不相信
執政者找來乩童
在廟堂作法
鬼畫符
灑雞血
用行政命令跟一日眠
逼著人民服用

並且出動蛇籠和鎮暴警力
逼著人民噤聲就範

人民拋頭顱灑熱血
用生命一點一滴堆疊起來
的民主長城
執政者不惜拆下一磚一瓦
引來清兵

孰可忍孰不可忍？
蒼天！

二〇一四・三・十九

INK PUBLISHING

文學叢書 700

越到越晚時

作者　辛牧
總編輯　初安民
責任編輯　林家鵬
美術編輯　陳淑美
校對　辛牧 紫鵑 林家鵬

發行人　張書銘
出版　INK 印刻文學生活雜誌出版股份有限公司
新北市中和區建一路249號8樓
電話：02-22281626
傳真：02-22281598
e-mail：ink.book@msa.hinet.net
網址　舒讀網www.inksudu.com.tw

法律顧問　巨鼎博達法律事務所
施竣中律師
總代理　成陽出版股份有限公司
電話：03-3589000（代表號）
傳真：03-3556521
郵政劃撥　19785090 印刻文學生活雜誌出版股份有限公司
印刷　海王印刷事業股份有限公司

港澳總經銷　泛華發行代理有限公司
地址　香港新界將軍澳工業邨駿昌街7號2樓
電話　852-2798-2220
傳真　852-2796-5471
網址　www.gccd.com.hk

出版日期　2023年 2 月　初版
ISBN　978-986-387-643-4
定價　330元

國家圖書館出版品預行編目(CIP)資料

越到越晚時／辛牧 著.
--初版. --新北市中和區：INK印刻文學，2023. 02
面； 14.8 × 21公分. --（文學叢書；700）
ISBN　978-986-387-643-4（平裝）

863.51　　112000736

舒讀網